Calvin und Hobbes

BILL WATTERSON

Bloss nicht ärgern

WOLFGANG KRÜGER VERLAG

Aus dem Amerikanischen von Waltraud Götting

Copyright © 1989 Universal Press Syndicate. All Rights Reserved
Calvin and Hobbes Copyright © 1987 Universal Press Syndicate
Deutsche Ausgabe:
Copyright © 1989 Universal Press Syndicate. Alle Rechte vorbehalten
Deutsche Erstveröffentlichung im S. Fischer Verlag GmbH, Frankfurt am Main
Umschlag: Bill Watterson
Lettering: Alexandra Bartoszko
Druck und Bindung: Clausen & Bosse, Leck
Printed in Germany
ISBN 3-8105-0322-3

SUSI, HOBBES FAND, DASS ICH GROB WAR. ALSO, ES TUT MIR LEID, UND DU KANNST MIT UNS SPIELEN, WENN DU WILLST

DANKE, CALVIN. DAS IST ECHT NETT VON DIR

ALSO, WIR SPIELEN JETZT FAMILIE. ICH BIN DIE DYNAMISCHE GESCHÄFTSFRAU, DER TIGER DA KANN MEIN ARBEITSLOSER HAUSMANN SEIN, UND DU BIST UNSER FRECHES, HIRNLOSES BALG IN EINER KINDERTAGES-STÄTTE

DAS WAR *DEINE* IDEE, DU SPATZENHIRN

SPRICH NICHT SO MIT DEINEM VATER!

ICH MUSS ZUR WALL STREET. WARTET NICHT AUF MICH

DIE FREMDWESEN KOMMEN UNSEREM HELDEN IMMER NÄHER! UNVERHOFFT LEGT ER DEN RÜCKWÄRTSGANG EIN!

DIE FREMDLINGE DONNERN VORBEI! SPIFF LEGT WIEDER DEN VORWÄRTSGANG EIN UND VERFOLGT DIE AUSSER-IRDISCHEN!

...ABER DIE AUSSERIRDISCHEN HABEN GEDREHT UND HALTEN GENAU AUF UNSEREN HELDEN ZU! SPIFF LEGT DEN RÜCKWÄRTSGANG EIN!

MIR WIRD SCHLECHT

SIEH MAL, WAS DA IM SCHLAMM LIEGT! DAS MUSS EIN FOSSIL SEIN!

WAS WAR **DAS** WOHL FÜR EIN MERKWÜRDIGES TIER?

ABER ES IST KEIN KNOCHEN. ES MUSS EINE PRIMITIVE JAGDWAFFE ODER EIN ESSGERÄT DER HÖHLENMENSCHEN SEIN

VIELLEICHT HATTE ES EINE RELIGIÖSE BEDEUTUNG

DAS ERKLÄRT, WARUM DEINE KLEIDER AUF DEM FUSSBODEN RUMLIEGEN

MACHST DU EIN SCHILD?

ICH ERKLÄRE DEN BACH DRÜBEN IM WALD ZU "CALVINS BACH"

WENN MAN ETWAS ENTDECKT, DARF MAN IHM EINEN NAMEN GEBEN UND EIN SCHILD AUFSTELLEN

WENN DU ABER DEN BACH GAR NICHT ENTDECKT HAST?

KLAR HAB ICH IHN ENTDECKT! NIEMAND **SONST** HAT EIN SCHILD DA, STIMMT'S?

NA, VATI? ZEIT FÜRS BÜRO?

SO EIN PECH. *ICH* HABE SOMMERFERIEN, ALSO KANN *ICH* ZU HAUSE BLEIBEN UND MACHEN, WAS ICH WILL

TJA, GEH NUR UND STÜRZ DICH IN DIE ALLTAGSHEKTIK! MAMI UND ICH TREIBEN DIE AUSGABEN IN DIE HÖHE!

URG

DAS TUE ICH NUR, DAMIT ER DAS WOCHENENDE MEHR ZU SCHÄTZEN WEISS

HEISSER TAG, WAS?

KANN MAN WOHL SAGEN

ABER ES IST DIE FEUCHTIGKEIT, DIE MIR ZU SCHAFFEN MACHT

DU MAGST ES NICHT, WENN ES FEUCHT IST?

ÜBERHAUPT NICHT

DANN SPRING LIEBER SCHNELL AB

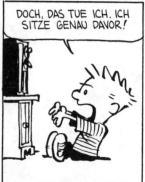

HOBBES SPIELT SICH FREI!

CALVIN SPIELT ZU!

WUNDERBAR GEFANGEN! HOBBES IST AN DER 30...DER 20...DER 10...

...ABER ER WIRD VON HINTEN BEDRÄNGT UND GIBT AB AN CALVIN, DAMIT *ER* DEN TOUCHDOWN MACHEN KANN!

DOCH CALVIN LÄSST DEN BALL FALLEN, UND HOBBES BRINGT IHN WIEDER AN SICH

ABER ES WIRD EINE STRAFE VERHÄNGT, UND HOBBES MUSS VOM PLATZ!

HOBBES LÄUFT ZUM GEGNER ÜBER UND WIRD MIT BEGEISTERTEM JUBEL EMPFANGEN! DIE MENGE TOBT!

!

CALVIN SCHICKT SICH AN, DEN VERRÄTER DURCH UNERLAUBTES ZERREN AN DER GESICHTSMASKE ZUM KRÜPPEL ZU MACHEN!

HOBBES VERHÖHNT IHN, INDEM ER SEINEN MUNDSCHUTZ ÜBER CALVINS HELM AUSLEERT!

MANN, DA WEISS MAN, WARUM FOOTBALL SO EIN BRUTALES SPIEL IST!

HOBBES' MANNSCHAFT GEWINNT EINEN METER BODEN! ALLE CHEERLEADER KNUTSCHEN IHN AB!!

HA HA! ICH HABE MICH UNSICHTBAR GEMACHT!

WENN ICH MEINE KLEIDER AUSZIEHE, KANN ICH UNBEMERKT JEDES VERBRECHEN BEGEHEN!

ICH BIN VOLLKOMMEN FREI! ICH KANN MIR ALLES ERLAUBEN!

CALVIN, WAS IN ALLER WELT MACHST DU SPLITTERNACKT AM KEKSGLAS?!?

DU SINKST IN DER GUNST DER WÄHLER, VATI. STRENG DICH LIEBER AN

CALVIN, IN DAS AMT DES VATERS WIRD MAN NICHT GEWÄHLT. ICH BRAUCHE MICH NICHT UM DIE WÄHLERGUNST ZU BEMÜHEN

NICHT GEWÄHLT? DU MEINST, DU KANNST UNGESTRAFT DIKTATORISCH REGIEREN?

GENAU

KURZ GESAGT, NUR AUFSTAND UND EXIL KÖNNEN EINE VERÄNDERUNG BRINGEN?

DIE RICHTUNG, DIE DAS GESPRÄCH NIMMT, GEFÄLLT MIR NICHT

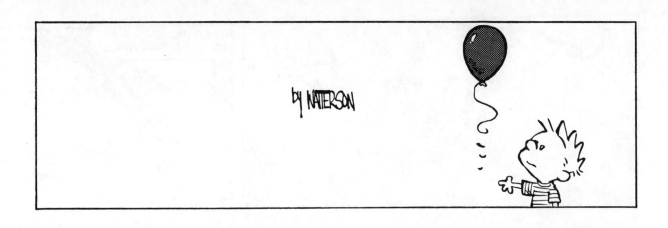

by WATTERSON

SCHWERKRAFT IST ETWAS WILL-KÜRLICHES!

EINES TAGES STELLT CALVIN BEIM ERWACHEN FEST, DASS ER GEGEN DIE ERDANZIEHUNG IMMUN IST

ER KLAMMERT SICH UM DES LIEBEN LEBENS WILLEN AM BODEN FEST, ABER SEINE KRAFT LÄSST NACH!

ER KANN SICH NICHT MEHR HALTEN... ER *LÄSST LOS!*

HÖHER UND HÖHER FÜHRT IHN SEIN AUFWÄRTSFALL!

NUR DER GRIFF NACH DER HECK-FLOSSE EINES VORÜBERFLIEGENDEN JETS RETTET IHN DAVOR, INS ALL GESCHLEUDERT ZU WERDEN!

NEIN, NEIN, LASS IHN ZU ENDE ERZÄHLEN. DAS IST SEHR INTERESSANT. WAS PASSIERTE ALSO, NACHDEM DU IN PHOENIX GELANDET WARST?

ALSO, MIR IST DAS EGAL. ICH NÄHE KEINE KLETTSTREIFEN AUF ALLE SEINE KLEIDER

ALSO, UNGEFÄHR DA SETZTE MEINE SCHWERKRAFT WIEDER EIN, UND ICH...

SIEH MAL, EIN FROSCH!

KOMM, WIR FANGEN IHN!

ICH KOMM IHM NICHT NAH

WARUM NICHT?

SIE TRINKEN DEN GANZEN TAG LANG WASSER, FÜR DEN FALL, DASS SIE JEMAND AUFHEBT

ICH HÄNGE HEUTE DEN GANZEN NACHMITTAG IM DRUGSTORE RUM, ESSE SÜSSIGKEITEN UND LESE COMICS!

DAS WIRST DU NICHT TUN!

WARUM NICHT?!

WEIL DEINE MUTTER ES DIR GESAGT HAT! KOMM SOFORT WIEDER REIN

UND DU KANNST AUFHÖREN, IM STECHSCHRITT DURCHS HAUS ZU MARSCHIEREN!

HE, MAMI, KÖNNEN WIR HEUTE ABEND PIZZA ESSEN GEHEN?

NEIN, WIR HATTEN GESTERN ABEND PIZZA, UND AUSSERDEM IST ES ZU TEUER, DAUERND AUSWÄRTS ZU ESSEN

ACH, DU WILLST LIEBER DEN ABEND MIT KOCHEN UND ABWASCHEN VERGEUDEN ALS EIN PAAR DOLLAR AUSGEBEN?

MIR SCHEINT, WIR GEHEN IN LETZTER ZEIT OFT PIZZA ESSEN

WENN DU DIR LIEBER ZU HAUSE EINEN TELLER MÜSLI MACHEN WILLST, BITTE SEHR

HOBBES WILL EINE DREIFACHE PORTION SARDELLEN

CALVIN UND HOBBES, SEIN ZUVERLÄSSIGER NAVIGATOR, RASEN MIT 150 SACHEN DURCH DIE WOHNSTRASSE

HOBBES SETZT DEN BLINKER

SCHNELLER UND SCHNELLER WERDEN SIE! EINE TRAUBE SCHULKINDER AM STRASSENRAND BRINGT SICH IN SICHERHEIT!

HOBBES SCHALTET DEN SCHEIBENWISCHER EIN

DIE POLIZEI IST HINTER IHNEN HER! CALVIN KRIECHT HINUNTER UND LEGT EINEN ANDEREN GANG EIN!

HOBBES LENKT UND DRÜCKT AUF DIE HUPE!

SO, ICH BIN JA SCHON WIEDER DA! KANN ICH NICHT MAL EINE BESORGUNG MACHEN, OHNE DASS DU DEN GANZEN PARKPLATZ ZUSAMMENHUPST?!

DAS WAR HOBBES, MAMI. NICHT ICH

SIEHST DU EIN UFO?

NOCH NICHT

NAJA, HALT DIE AUGEN OFFEN. FRÜHER ODER SPÄTER MÜSSEN SIE HIER LANDEN

WAS MACHEN WIR, WENN SIE KOMMEN?

MAL SEHEN, OB WIR MAMI UND VATI GEGEN EINEN STERNENKREUZER ALS SKLAVEN VERKAUFEN KÖNNEN

GLUNK!

GLUNK!

CALVIN, TRINK BITTE IN KLEINEN SCHLUCKEN!

DIE SOMMERFERIEN SIND ZU ENDE! VOR UNS EIN JAHR LANG NICHTS ALS MÜHE UND PLACKEREI!

ACH, KOMM, DU HAST DICH DEN HALBEN SOMMER NUR BESCHWERT, WIE LANGWEILIG DIR IST

ECHT? ALLERDINGS

SELTSAM. ICH MUSS VOR LAUTER SPASS IM DELIRIUM GEWESEN SEIN

BEIM FUSSBALL DARF MAN DEN BALL NICHT MIT DEN HÄNDEN ODER ARMEN BERÜHREN

ALLE ANDEREN KÖRPER-TEILE SIND ERLAUBT, SIEHST DU?

...SOGAR DER KOPF!

JA, ABER DAS GESICHT? TUT DAS NICHT WEH?

PRRRGHH! DAS WAR NICHT SO BEABSICHTIGT!

ICH HAB EINE HYPOTHETISCHE FRAGE. WENN MIR EIN KIND IN DER SCHULE EIN SCHIMPFWORT NACHRUFT...

...SOLL ICH IHM DANN ECHT FEST GEGENS SCHIENBEIN TRETEN?

NEIN, ICH FINDE, GEWALT WÄRE NICHT GERECHTFERTIGT

NOCH EINE HYPOTHETISCHE FRAGE. WAS IST, WENN ICH'S SCHON GETAN HABE?

ALSO, HOBBES, ICH WEISS, WIE WIR MOE UNSCHÄDLICH MACHEN

DU KOMMST MIT MIR IN DIE SCHULE, UND WENN MOE MIR MEIN GELD KLAUEN WILL, SPRINGST DU IHN AN UND FRISST IHN!

IHN FRESSEN?? DAS KANN ICH NICHT!

KLAR KANNST DU! WAS PASST DIR NICHT DARAN?

DICKE KINDER HABEN EINEN HOHEN CHOLESTERINSPIEGEL

DANN ZERKAU IHN UND SPUCK IHN WIEDER AUS, IST MIR DOCH EGAL!!

WENN DER KERL GELD ERPRESST, RUFE ICH IN DER SCHULE AN UND LEGE IHM DAS HANDWERK

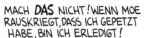

MACH **DAS** NICHT! WENN MOE RAUSKRIEGT, DASS ICH GEPETZT HABE, BIN ICH ERLEDIGT!

DER JUNGE KANN DOCH NICHT UNGEHINDERT STEHLEN, CALVIN. JEMAND MUSS ETWAS TUN

HIER STEHT DRAUF, WAS ICH ANHABE. AUF WIEDERSEHEN IM LEICHENSCHAUHAUS

He, Würstchen, hier sind die 25 Cents, die ich mir neulich von dir "geborgt" habe

Jemand hat mich verpfiffen, und es wird ein schwarzer Tag, wenn ich rauskriege, wer!

ICH GLAUB, ICH NEHM DAS GELD UND RUFE MEINEN VERSICHERUNGSVERTRETER AN

HALLO, VATI, ICH BIN'S!

CALVIN, IST ES WICHTIG? ICH HABE HEUTE MORGEN SEHR VIEL ZU TUN

ICH MACH'S KURZ, VATI. KANNST DU MIR AUF DEM HEIMWEG ETWAS HUMUS UND GRASSAMEN BESORGEN?

JA, KLAR. MACH'S GUT

KLINGE-
LING

HALLO, HIER IST CALVIN.
ICH MÖCHTE EINE GROSSE
SARDELLENPIZZA BESTELLEN

WAS?
ICH...??

TUT MIR LEID.
SIE MÜSSEN
SICH VERWÄHLT
HABEN. AUF
WIEDERHÖREN

ICH GEBE MIR MÜHE,
JEDERMANNS TAG EIN
WENIG SURREALISTISCHER
ZU GESTALTEN

WAS TUST
DU DA?

AUF
"COOL"
MACHEN

DU SIEHST EHER AUS,
ALS WÄR DIR LANGWEILIG

WER COOL
IST, DEN
LANGWEILT
DIE WELT

IRGENDWELCHE MONSTER UNTER MEINEM BETT HEUT NACHT?

NÖH

NEIN

NÖH

WATERSON

WENN MONSTER UNTER MEINEM BETT **WÄREN**, WIE GROSS WÄREN SIE DANN?

GANZ KLEIN. SCHLAF JETZT

MAAMI!

MIT GROSSER MÜHE DREHT CALVIN, DAS MENSCHLICHE INSEKT, DAS PAPIER IN DER SCHREIBMASCHINE WEITER

ER HAT NUR HOFFNUNG AUF ANGEMESSENE MEDIZINISCHE BEHANDLUNG, WENN ES IHM GELINGT, SEINER FAMILIE EINE LESBARE NACHRICHT ZU SCHREIBEN!

WATERSON

ER KRABBELT ZU DEN EINZELNEN TASTEN UND SPRINGT!

WER HAT AUF MEINEN BRIEF AN OMA "HILFE, ICH BIN EINE FLIEGE" GESCHRIEBEN?

OFFENBAR EINE FLIEGE. WIE SELTSAM

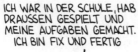

ICH HAB EBEN DIESE TOLLE SCIENCE-FICTION-GESCHICHTE GELESEN

DARIN ÜBERNEHMEN APPARATE DIE HERRSCHAFT ÜBER DIE MENSCHEN UND MACHEN SIE ZU SEELENLOSEN SKLAVEN!

SO DASS NICHT MEHR WIR DIE APPARATE BEHERRSCHEN, SONDERN SIE UNS? ZIEMLICH BEÄNGSTIGENDE VORSTELLUNG

ALLERDINGS, HE! WIE SPÄT IST ES?? MEIN FERNSEHPROGRAMM LÄUFT SCHON!

HÖR MAL, MEIN LIEBER, ICH FINDE, CALVINS NOTEN SIND AUCH SO SCHON SCHLECHT GENUG, DU NICHT?

DER ENTSETZLICHE TYRANNOSAURUS STAMPFT DURCH DAS PRÄHISTORISCHE TAL

DER RIESIGE DINOSAURIER IST EINE WANDELNDE TODESMA-SCHINE!

MORGEN SPRECHEN WIR IN DER SCHULE ÜBER "TAGESTHEMEN"

JEDER VON UNS MUSS EINEN ZEITUNGSARTIKEL HERAUSSUCHEN UND IHN DER KLASSE VORLESEN UND ERKLÄREN

WELCHEN ARTIKEL HAST DU GENOMMEN?

DEN HIER

"AUSSERIRDISCHES WESEN HEIRATET ZWEIKÖPFIGEN ELVIS-KLON"

DA GIBT'S ALLERDINGS NICHT MEHR VIEL ZU ERKLÄREN

SIEH MAL, WAS MAN MIT GROSSEN SOCKEN ALLES MACHEN KANN!

DU STÜLPST EINEN ÜBER JEDES OHR UND EINEN ÜBER DIE NASE...

EIN ELEFANT! HA HA! ICH WILL AUCH EIN PAAR SOCKEN!

WENN ICH DEN BUS VERPASSE, WIRD'S HIER UNGEMÜTLICH!

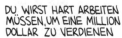
ICH HABE BESCHLOSSEN, MILLIONÄR ZU WERDEN, WENN ICH GROSS BIN

DU, WIRST HART ARBEITEN MÜSSEN, UM EINE MILLION DOLLAR ZU VERDIENEN

NEIN, NICHT ICH, SONDERN DU

ICH?

ICH WILL SIE NUR ERBEN

DAS SCHLIMMSTE AM SCHUL-WEG IST DAS WARTEN AUF DEN BUS

MAN KANN NUR RUMSTEHEN, UND SICH VORSTELLEN, WAS AM TAG ALLES SCHIEF-GEHEN WIRD. ICH WETTE, WIR MACHEN EINEN MATHE-BLITZTEST ODER SO

SO, DA KOMMT DER BUS. DANKE, DASS DU MIT MIR GEWARTET HAST

WAR MIR EIN VERGNÜGEN

JUNGE, IST MEIN BROT-BEUTEL LEICHT

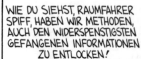

ICH BIN FERTIG MIT DEN AUFGABEN!

ICH GEHE NACH DRAUSSEN SPIELEN! ICH HABE MEINE JACKE AN!

ICH GEHE JETZT!

...WEITERE BERICHTE DEN EREIGNISSEN ENTSPRECHEND!

ALS WAS VERKLEIDEST DU DICH AN HALLOWEEN?

ICH WEISS ES NOCH NICHT. ICH KANN MICH NICHT ENTSCHEIDEN

DER SINN IST, DAS FURCHTERREGENDSTE ZU SEIN, WAS MAN SICH NUR VORSTELLEN KANN

HMM...VIELLEICHT GEHE ICH EINFACH ALS ICH SELBST!

ICH GEHE ALS GIFT-MÜLLFASS!

WIR SCHNITZEN JETZT DIE KÜRBISLATERNE

WIR MALEN EIN GESICHT AUF DEN KÜRBIS, DAMIT ER AUSSIEHT WIE EIN KOPF

ZUERST MÜSSEN WIR IHN ABER OBEN AUFSCHNEIDEN UND DAS WEICHE RAUS-KRATZEN

OH, KÜRBISKOPF, ZEIT FÜR DEINE GEHIRNOPERATION!! GIB MIR EINEN GROSSEN LÖFFEL, JA, HOBBES?

UUH! SO GANZ OHNE BETÄUBUNG?

ICH GLAUBE, VATI MAG HALLOWEEN GENAUSO GERN WIE WIR

GEHT ER HEUTE ABEND MIT UNS "STREICHE SPIELEN"?

NEIN, MAMI GEHT MIT UNS

BLEIBT ER ZUHAUSE UND VERTEILT DIE SÜSSIGKEITEN?

NEIN, ER SETZT SICH MIT DEM GARTENSCHLAUCH IN DIE BÜSCHE UND SPRITZT DIE "BÖSEN BUBEN" NASS

UUH, IST MIR SCHLECHT

WENN JEMAND "KARAMELLEN" AUCH NUR ERWÄHNT, MUSS ICH KOTZEN

WIEDER EIN HALLOWEEN GEKOMMEN UND GEGANGEN

NACH EINEM FEIERTAG FÜHLT MAN SICH IMMER SO LEER

TJA, DANN GEHEN WIR MAL IN DIE STADT UND SEHEN UNS DIE WEIHNACHTS-DEKORATION AN

MAMI GEHT'S NICHT GUT. DARUM MACHE ICH IHR EINE KARTE ZUR "GUTEN BESSERUNG"

DAS IST SEHR AUFMERKSAM VON DIR

SIEHST DU, VORN DRAUF STEHT "WERD BALD WIEDER GESUND"

UND INNEN STEHT:" WEIL MEIN BETT NICHT GEMACHT IST, MEINE KLEIDER AUFGERÄUMT WERDEN MÜSSEN UND ICH HUNGER HABE"

"IN LIEBE, CALVIN." WILLST DU UNTER- SCHREIBEN?

KLAR. ICH HAB AUCH HUNGER

HALLO, MAMI! ICH BRINGE DIR DAS FRÜHSTÜCK ANS BETT, WEIL DU KRANK BIST!

ICH HAB GANZ ALLEIN EIER, TOAST UND ORANGENSAFT FÜR DICH GEMACHT!

WIE LIEB!

DIE EIER SIND EIN BISSCHEN IN DER PFANNE ANGEBRANNT, ABER DU KANNST SIE BESTIMMT MIT DEM MEISSEL HIER RAUSKRATZEN

UH... WO IST DER TOAST UND DER ORANGEN- SAFT?

VATI SAGT, DAS SOLL ICH DIR ERZÄHLEN, WENN ES DIR BESSER GEHT

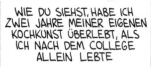

HE, MAMI, ICH HAB EINE ROLLE IN UNSERER KLASSEN-AUFFÜHRUNG!

ICH MUSS TEXT SPRECHEN UND ALLES!

DAS IST JA GROSSARTIG, CALVIN

ES IST EINE GROSSE, DRAMATISCHE ROLLE! MEINE FIGUR WIRD AM ENDE DES ZWEITEN AKTS ALLE ZU TRÄNEN RÜHREN!

WAS IST ES FÜR EIN STÜCK?

"DIE ERNÄHRUNG UND DIE VIER NAHRUNGSGRUPPEN". ICH BIN EINE ZWIEBEL

ALSO, HOBBES, DU MUSST MIR HELFEN, MEINEN SATZ FÜR DAS STÜCK AUSWENDIG ZU LERNEN

KLAR

ICH BIN DIE ZWIEBEL, UND ICH SAGE: "NEBEN LEBENSWICHTIGEN NÄHRSTOFFEN LIEFERN VIELE GEMÜSESORTEN AUCH BALLASTSTOFFE"

SO, FERTIG?

FERTIG. LEG LOS. "NEBEN..."

HALT. WARTE. ICH BIN NOCH NICHT IN DER ROLLE DRIN. WAS IST DIE MOTIVATION EINER ZWIEBEL?

RUHM, NEHME ICH AN. DAS KÖNNTE EIN GROSSER DURCHBRUCH WERDEN

ALSO, DU BIST "BROT". GIB MIR MEIN STICHWORT

"GLUKOSE IST DIE HAUPT-ENERGIEQUELLE DES KÖRPERS!"

"NEBEN..." ÄH...UM... "NEBEN..." ÄM...WARTE...

GRRRGHH! ICH HASSE DIESES STÜCK! ICH WERDE DIE BLÖDE ROLLE NIE LERNEN!

ALSO, DIE GEFÜHLS-AUSBRÜCHE KLAPPEN PRIMA

ES IST ALLES GEKLÄRT, HOBBES. DAS STÜCK WIRD KEIN PROBLEM SEIN

DU HAST DEINEN SATZ AUSWENDIG GELERNT?

NEIN, ICH DACHTE, ICH KOMME RAUS, MACHE EINE KLEINE STEPPEINLAGE UND IMPRO-VISIERE ETWAS!

IMPROVISIERST ETWAS ÜBER BALLASTSTOFFE?

ENTWEDER DAS, ODER ICH STELLE MEINE ZWIEBEL PANTOMIMISCH DAR

WIE GEHT'S MIT MEINEM ZWIEBELKOSTÜM VORAN, MAMI?

ICH ARBEITE NOCH DARAN. ICH WÜNSCHTE, EURE KLASSE WÜRDE ETWAS EINFACHERES AUFFÜHREN. ICH BIN KEINE GROSSE NÄHERIN

SEI FROH, DASS ICH NICHT RUSSY WHITE BIN. *ER* SPIELT DIE AMINOSÄURE

HM... WIE FINDEST DU ES?

JABBA DIE KRÖTE GEGEN RUDOLPH DAS RENTIER. ICH WEISS NICHT, MAMI

KOMMST DU ZU MEINER AUFFÜHRUNG, VATI? DAS STÜCK HEISST "DIE ERNÄHRUNG UND DIE VIER NAHRUNGSGRUPPEN"

ICH WERDE WOHL INS BÜRO MÜSSEN, CALVIN

ABER, VATI, ES WIRD EIN TOLLES STÜCK! ICH BIN EINE ZWIEBEL!

NA, WARUM SAGST DU MIR DEINEN TEXT NICHT JETZT AUF?

ALSO GUT! ÄH... WARTE MAL... "NEBEN..." ÄH... MOMENT... HM...

25 KINDER IN LEBENSMITTEL-KOSTÜMEN, DIE ALLE IHREN TEXT VERGESSEN. ICH WERDE *GANZ BESTIMMT* IM BÜRO SEIN

LIEBLING! CALVIN HAT HART GE-ARBEITET

ALSO, ÄH... "NEBEN..." ÄH, NEIN, WARTE... HM...

STOLPER!

TA-DAAA!!

by WATTERSON

OP ZIP ZOP ZIP ZOP ZIP ZOP ZIP ZOP ZIP ZOP ZIP ZOP ZIP

SCHNEE-
HOSEN

DIE SOLDATEN RÜCKEN AUF DEM HANG VOR

OH NEIN! EIN BOMBEN-GESCHWADER TAUCHT AM HORIZONT AUF! DIE BOMBEN REGNEN HERUNTER!

BONK BONK

ZWEI VOLL-TREFFER!

ICH SEH DICH DA OBEN!

WATTERSON